句集

ふな釣り

大崎紀夫

ウエップ

句集　ふな釣り／目次

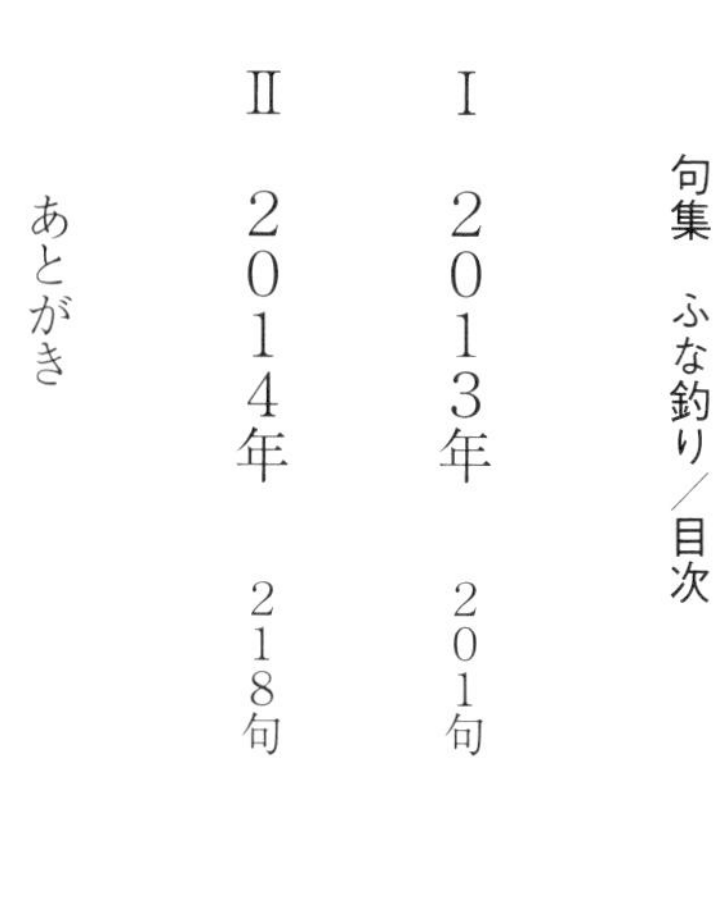

句集　ふな釣り

装丁・近野裕一

Ⅰ　2013年

〔201句〕

その1

あら玉の陽は釣り舟の胴の間に

二日暮る空のはづれの雲くろく

裸木へ午後の薄日のうつりけり

飛び石をからす跳びゆく龍の玉

舟の間の氷揺れゐる舟溜り

このわたや夜雨(よさめ)は窓を打ちつづけ

雪晴れの畑道をすぎ土手へゆく

土手にのぼれば野を焼いてゐるにほひ

日は白し雁木の下にバスを待ち

大椚の下の椚木の崩れけり

寒椿帰りはをんな坂たどり

舟小屋の板戸に溜まる波の花

冬空へ渡し休みの旗上がる

冬萌えの野を足跡は岸にまで

くらがりの木へむささびの飛びにけり

田の鶴のやがてひと足ふた足と
かいつぶり日向の水へ浮きあがる

麦の芽に風吹く碧梧桐忌かな

駅を出て地吹雪のこゑまのあたり

差し潮の岸洗ひくる春隣

坐布団をずらせばふはと梢埃

枯桑のはづれに大き開拓碑

春立てりからから錨あげる音

寝釈迦への日差しはすぐにかげりけり

春の昼箱にトンカチ置かれあり

まんさくや岸洗ひつつ川曲り

行く雲のひとつづつ消え雉子(きぎす)鳴く

春野ひろびろ握り飯くひにけり

牛鳴けりそこらここらに花はこべ

紙雛を飾り立子の忌を修す

射的屋のネオンの上におぼろ月

白木蓮咲くきのふ晴れけふも晴れ

雨雲の切れ目ひろがる花辛夷

夕ざくら手ごろな力石に坐し

産院へ車入りゆく花の昼

曳き船の音くだりゆく夕桜

種芋に灰まぶす手の灰まみれ

たんぽぽや空地に杭の影ならび

落ち口に水の泡なす雪柳

下の田も雀の槍を隙間なく
星が出て風が出て夕ざくらかな

甲斐へ越す雁坂峠かすみけり

丈のびてやつとぺんぺん草らしく

散る花の磴の中ほどにてしきり

流木に腰かけにゆく春の昼

花いかだ河口の波にくだかるる

春ぼこり閻魔の舌の白つぽく

とも綱の伸びてはゆるびゐるおぼろ

海晴れて浜大根の花に風

魚屋へもどつてきたる春の蠅

げんげ田のなかより空を仰ぐ昼

まむし捕り斑雪（はだれ）の谷へ降りゆける
ぶらんこの下の凹みを蹴りにけり

葉をすこし見せて夕べの桜かな

鎌倉の亀こぞり鳴く虚子忌かな

イタリア・ビエンツァ

鳩のこゑ春の田舎の電柱に

パリ

丸き実をぶらぶら春のプラタナス

燕飛ぶビニールハウスひかるうへ

三溪園　二句

地に近く揺れてはこぼれ濃山吹

雨はげし川鵜は舟のへりに立ち
花虻の羽音あたまの上あたり

淡海へと川水はしる遅桜

春暖炉マタギの宿にマタギ銃

畝ひくき砂地の畑豆の花

ひかりつつ潮引いてゆく鹿尾菜(ひじき)刈り

はこべらのそばを犬ゆき風がゆき

畝の間に鶏の尾見ゆる春の雷

海市より機甲師団とおぼしきが
ぼうたんは咲ききり空は晴れわたり

湖へゆく茅花ながしを背にしたる

歩いては地をつつく鳩薔薇まつ赤

空のいろ夜のいろとなる白牡丹

金魚売り小さき木椅子に座りけり

教会のペンキ剝げゐる透谷忌

栈橋に近づくボート櫂あげて

道ばたに吐き捨つ俵ぐみの種

椎にほふ夜なり尾灯に雨しづく

朝の田に人の出てゐる閑古鳥

よく晴れて昼しづかなる祭かな

守居の子雨戸繰るときこぼれけり

梅雨晴間艇庫の外に櫂ならび

藁束子岸に捨てある遠郭公

橋脚に風のからまる夕立かな

滝壺の泡生れつづき消えつづき

町内の通りへ神輿もどりけり

畑道をだらだら下り俵ぐみ

浜昼顔浜の砂掘る遊びして

土手道に暮れゆく茅花流しかな

走り根にぬつと現れ瑠璃蜥蜴

夕雨の近づく未央柳かな

蚊遣り焚くけむりお籠り堂に満ち

舟小屋のそばに玉解く芭蕉かな

ががんぼが窓かきむしり港に灯

沼尻に日暮れ来てゐる牛蛙

雨脚の川越えてくるからす麦

打ち水の先を水玉ころがつて

雷の街を鉄砲狭間より

夕凪の沖に眠りて犀の夢

合歓の花湖の向うに海昏れて

逃げ水を破りハーレー・ダヴィッドソン

空ひろし空にむかひて花南瓜

夏蝶のひらひらと土手おりにけり

蜊蛄（ざりがに）の退（すさ）ればあがる泥けむり

葭切は近くの葭へうつりけり

雲うすき西にかみなり鳴りにけり

水切りにひとり加はる日の盛り

草いきれ抜ければしろき石川原

梅雨の道きて橋下の渦を見る

雨やみし田んぼ向うに網戸の灯

葭切や津軽の空は風に昏れ

かみなりは土手の向うにとどろけり

椎落葉踏むとき風はやはらかく

ひまはりへ雨は斜めに斜ひに

山祇の祠を這へりなめくぢら
日の暮れの山背のこゑは砂丘越え

日のにほひ残して麦の刈られけり

落ち口を落ちて形代消えにけり

雲の峰マグカップへと茶の注がれ

山あひの雨すぐあがり紅の花

かき氷空ゆく雲はひとつのみ

泉へといくつかの手が伸びてゆく

帚木のまるまる赤くなりにけり

ひまはりやトタン葺きにてトタン塀

夕涼しコントラバスが舞台へと
蟬しぐれ水は畑へ運ばれて

夜釣りへと船ゆく油凪の海

百日紅雨気はしづかに来たりけり

夏の月瀬戸ゆく船とよぎる舟

まひまひの休む一瞬ありにけり

尻にする土手の地ぼてり鳶高く

ひまはりの裏見て畑道終はる

沖釣りの舟にはるかや蟬しぐれ

畦道に人ならび立つ遠花火

法堂の昼の暗やみ蟬しぐれ

十王に盆の蠟燭ともさるる

盆荒れの墓地に風切り鎌は立ち

かさかさと昼のとうもろこし畑

朝顔の実をもんで掌に種こぼす

山よりの水ひかかりくる芋水車

その2

稲びかりまた稲びかり犬がゐる

虚子句碑の上にきちきちばつたかな

寒さややや岸辺を歩きくる家鴨

角曲りても左手にちちろ鳴く

窯開く朝といへり白芙蓉

鵙鳴いて贄(にえ)はあかるく乾びたり

砂糖黍かじりて海を眺めゐる

葛の花砂地の道は海へゆき

東京の水を一杯飲む厄日

塵とりに骨掃きあつめ秋暑し

煙茸かこみて誰がつまむかと

鶏頭をかこむ草ぐさにも夕日

自炊場の小さき電球ちちろ鳴く

夕雨のさつと来にけり白木槿

落鮎はサシ餌で釣られ海遠し

サシ＝蠅の幼虫（ウジ虫）

ひたひたと道を犬くる野紺菊

大き木にやがてしもづる稲雀

雨の昼畝のどこかで虫が鳴く

秋の午後らしく線路のわきの草

鉄工所葛の葉裏の土ぼこり

日の当たる下り道なり浮塵子（うんか）飛ぶ

山よりの日照雨すぎゆく稲雀

シーソーに座れば下がりいわし雲

塚山といへるへ登りうろこ雲

鈴の緒の端はぼろぼろ柿あかく

芋あらし道の岐れに薬師堂

ぼんやりと空地ひろがる十三夜

竹竿の下に雨粒ならび秋

石橋は二歩で過ぎたり萩は実に

雨だれの音絶えまなし木に小げら

はればれと出羽に山ある芋煮会

紅茸に合ふところまで登りけり

秋深しごみの袋に魚の骨

砂利置き場隅の草むらちちろ鳴く

枝打ちをされたる木へと小鳥来る

天高し飛行船よりロープ垂れ

桐の実を眺めなどしてをれば昼

夕風のすこし来てゐる種瓢

けふの日の山に没りゆく柿すだれ

するめ焼き巻けるを裂いて秋深し

夜明け前より鷹匠の家灯り

風船の紐マロニエの裸木に
内海に猟銃の音ひびきけり

どこからか紙吹雪くる冬の月

冬鴎や日を離（か）るやうに雲流れ

神無月舟屋に舟の艫が見え
猟犬の下向きしまま•すれちがふ

枝高くからす鳴く日の冬の坂

頭掻き胸掻き冬の日のゴリラ

冬の日を背中に犀は立ちしまま

顎を地に伏しゐる犀や冬の晴れ

参道を出るなり火見櫓かな

畑中にのこる竹藪笹子鳴く

炭がまのかま口の土まだ湿り
足跡は霜の川原を岸にまで

山とほく雲とほくゆく冬至かな

飛び石のひとつがたつく花八ツ手

竹馬の石畳へとあがりけり

土手越えてより風花のゆるやかに

艫綱の水漬きしまはり凍りをり

降る雪は壁のあたりで乱れけり

がちがちに凍てしぬた場を跨ぎ越す

Ⅱ　２０１４年

〔218句〕

その1

葱を抜く電線に日はかかりゐて

谷底を風のこゑゆく牡丹鍋

あるときは線路の上で雪しまき

すこし背を丸めて坐る猿廻し

大寒や川原の道に舟置かれ

冬の月神馬の白き胴に罅

箒目のあたりにふくら雀かな

冬の菊壁に隣の屋根の影

茨線の雪ほろと落ちぽろと落つ

裏庭の方へ鶏ゆく花八ツ手

薪ストーブの煙突のやや斜め

桜木の楉（すわえ）の冬芽など数へ

草むらの方で猫鳴く冬の星

降る雪のしづかに乱れゐるあたり

凍蝶の翅ふるへゐる先に川

枯草は空地いちめん猫眠る

浮子(うき)立つて寒九の水のしづかなる

虚貝（うつせがい）の二つ三つ四つ日脚のぶ

空つ風日向を雀はね歩き

麸を口にして寒鯉の沈みけり

牛小屋に牛うごく音日脚のぶ

梅にほふ寺に領主の自刃跡

禅堂を僧出るころや亀鳴いて

トロ箱に黒メバルの眼並びけり

盆梅のにほへり部屋は暮るるまま

向拝の下に水甕蝌蚪の紐

街を出る尾灯の列や春の雪

おぼろ夜の水脈を引きゆくヌートリア

味噌蔵の春の薄闇にほひけり

墓地に日の差し海とほく霞みけり

板碑へと木洩れ日あたる余寒かな

蛤の舌出すさまをのぞきゐる

利根川に潮止めの堰初ひばり

朝市へものかつぎくる雪間草

春の雪くるか送信塔高く

春さむし樟に風また椎に風

春疾風倉庫の上を鷗飛び

日当たりに駒返る草萌える草

昼に踏む斑雪の音となりにけり

雪とけてゆく杭まはり石まはり

しら梅の幹に触れゐて香に近く

ねこやなぎ幌ふかぶかと乳母車

雪代の濁りの触るる岸の草

うららけし鏝で絵具を塗りたくり

蜷の道尽きるところに蜷のゐて

霞みけりビル屋上の避雷針

板きれの上に浮くかに残る雪

羽箒で画布をはきをり春の雪

夜の梅猫が板踏む音のして

田を挟む藪と林に囀れる

盆梅の夜の香しづかにききにけり

まんさくや薄日の空はすぐそこに

土手下に犬吠えてゐるおぼろかな

畝ひくき砂地の畑豆の花

見せくれし魚籠の雪代山女かな

花あしび土塀の先に寺の屋根
人かげはおぼろの道を曲がりゆく

沖釣りの船は沖へと花大根

木蓮の花びら花をはなれけり

初蝶の海のひかりに散りしかに

雁帰る日の雁のこゑ聞きにけり

山茱萸の暮るるころ鶏鳴きにけり

空晴れて雀の槍を踏みゆく日

春の昼ねぢりんぼうをひと齧り

木々芽吹くなかゆく道のまた岐れ

閼伽桶の春のほこりを洗ひけり

木蓮の咲ききつてすぐそこに夜

蘖の丈切株を越えにけり

春昼の砂場の穴の底湿り

たんぽぽの黄やぶち猫は空地ゆく

岬へと潮目ちかづく初燕

ほろろ打つときは畝間に首上げて
うららかな日なり一軒壊す音

山桜しばらく坂をゆけば家

春昼の型に注がるる鋳物の湯

日のなかの切株に蝶とまりけり

雪代や木地師の椀の粗削り

さくら散る夜は夜の川へおのづから

吊り干しと棚干しの魚春の朝

雨雲の端垂れてゐる夕ざくら

ガルシア・マルケス逝く

空缶を二度蹴つてみてうららけし

泡ひとつ吐いてゆきけり蛙の子

春の蠅岸より舟へうつりけり

海苔篊を離れくる舟ありにけり

化粧塩うつすら焦げて桜鯛

明日葉の向うは墓場跡らしく

白地図の地球儀まはす春の昼

木苺の花へフェリーの汽笛かな

羊蹄に触れて自動車止まりけり

かげろふの向うの道の白つぽく

遠がすみ丘の麓にサイロ立ち

葭切や川ゆく方に空展け

尾根越える風そのなかを岩燕

玫瑰（はまなす）やいくつもまろき雲がゆき

ももやもやと五月の末の雲の尾は

来る波へ押し出されけり昆布舟

廃船のそばの木苺熟れしまま

ぼんやりとビルのあかるき日雷

土手道に夏風花林糖かりり

鶏がふりむく夏の正午かな

骨壺の蓋の閉ぢられさて暑し

山道はいよいよ急に毒うつぎ
塵取りに薔薇の花びらすくひ来る

竹製の籠のくねくね明易し

のっぺりと墓地はあかるく女貞花（ねずみもち）

桑の実や湯小屋に湯気のたちのぼり

出来立ての更地の空を蚊喰鳥

波音がくれば舟虫走りけり

山法師黄色の傘を子らはさし

梅雨雲をやうやく抜けて着陸機

鳩小屋に鳩鳴き梅雨に入りにけり

釣り竿で水母つついてゐて暮る

水を出でし沢蟹の赤濡れてゐる

蛇の衣の白きを棒になびかせて

豆腐屋へ朝日差し入る額の花

てんたう虫川の濁りは湖へ入り

まひまひはくるくるイタコ小屋近く

きりぎしを日差しおりくる岩たばこ

庄内の田水あかるしねぶの花

飛び石に沿うて箒目濃あぢさゐ

夕凪の電柱に鳶とまりけり

なめくぢら石のかげへとまはりけり

舟小屋へゆく足跡の砂灼けて

駅を出てバスへ人くる岩燕

夏の午後街しらしらとして雨に

道みちの湿りを靴に蛍狩り

木下闇すつと溶けゆくラムネ菓子

山伏に道ゆづりけり時鳥

木の葉へと夕雨きたる夏越かな

ざばざばと来て夏の波をはりけり

空蟬をつぶせば脚ののこりけり

角曲がるとき底紅の裏を見て

川蟹の鋏がすこし水を出て

糠雨の蔓あぢさゐを濡らしけり

干草を踏んで道までもどりけり

夏萩のそばを豆腐屋よりの水

花かぼちゃ一寸厚の土留め板

火取虫よりやや離れ綿あめ屋

夏の月へと亀の首のびにけり

ひまはりも正午の空もうごかざる

蟬しぐれ波郷の墓の四方より

廃船のそばに浮き球月見草

内海をへだてる花火あがりけり

舟下り遠郭公は遠きまま

亀の子のころりと水に落ちにけり

蟬穴に小枝をさしてみたりして

日の暮れの東寺の塔に夏の月

鮴（ごり）すくふ岸辺に日照雨きたりけり

その2

最上川ひぐらし向う岸に鳴く

秋暑し隣のひとは亀を釣り

丘くだりゆけば踏切黍あらし

砂つぽい道を港へ葛の花

月白の雁坂峠越えにけり

盆荒れの夜なればラムネ菓子買つて

藤の実のぶらりと雲に切れ目見え

電柱に斜めの支柱ちちろ鳴く

秋風や魚は白眼して干されれ

深ぶかとしやがんで豆をひいてゐる

秋暑し塩の道には塩の倉

稔田の小屋に丸太と竹竿と

この道は越の海へと蕎麦の花

向うには猫近くには鉦叩

離れ瞽女（ごぜ）歩きし道を稲雀

鶏頭の先に川原の石乾き

川岸の砂地にぬた場秋暑し

月白の盆地の町となりゐたる

山かげは稲架のひとつにかかりくる

水落すこゑ細ぼそと明けにけり

ゆるやかに雲のゆく日は蛇穴に

ダンプカー行きバスが来る葛の花

山祇へ枝つきの柿供へあり

角まがるとき鶏頭に触れにけり

引き潮のころの波音海猫帰る

無花果の先に昼月ありにけり

生姜掘るざらざらの土やや湿り

星月夜土手にちひさな水たまり

曼珠沙華むれ白曼珠沙華すこし

秋の雲ながめてをれば大津過ぐ

鶏頭のそばに電信柱立つ

夜の雲の海へ出てゆく秋まつり

宵に入る白山茶花に風すこし

揚げ舟の底を塗りゐる神の留守

鮟鱇の肝まな板に置かれけり

岸辺より夜の近づく浮寝鳥

冬の月香具師はバナナを裏返し

掌にあをき綿虫掌より去りにけり

仏文科教授の肩に銀杏散る

干大根島の向うで波ひかり
おみくじの棒つつかへる冬の月

猪狩りのもどりて来たるにほひかな

竹光(たけみつ)の銀紙やぶれ冬の月

ビードロのチンタをふふむ白秋忌

尾根道に夕日そのときしぐれけり

二羽の矮鶏歩く近くに冬欅

亀の背の昼には乾く小六月

犬小屋の屋根に干し大根の影

冬の虹うすすく採石場に発破

あごを地に着けてゐる犬冬夕焼

安房にきて安房の笹鳴き近くにす

冬晴れの犬は短く鳴きにけり

戸袋の風のこゑ聞く根深汁

冬蝶となりきる羽を合はせけり

貝釦のひとつぶらぶら十二月

端つこにてるてる坊主干し大根

畑隅の穴に葱屑放らるる

隼が漁港の空を素通りす

標の跡へ標おろしけり

駅を出て左手すぐに焼鳥屋

霜柱畑の先にまた林

鯛味噌をひとなめ夜汽車ゆく音す

籾殻を焼く煙突の斜めなり

雨あとの空のたひらか冬の鳶

蛇籠へと来てしばしゐる冬の蠅

すがもりのかげは湯小屋の暗がりに
溜め池は枇杷の花咲くすこし先

猟犬がわれのにほひを嗅ぎにくる

笹鳴くや日はのつぺりと藪にさし

揚げ舟のスクリュー錆びて茶が咲いて

あとがき

これまでの句集名は、少年のころから長くなじんできた草とか木の実の名にしてきた。それで今度もそうしようと、まず思いついたのが「桑の葉」と「桑の実」だった。が、そのあとふっと出てきたのが「ふな釣り」という言葉で、そういえばふな釣りも長い間なじんできたものだと思った。少年のころに釣ったふなはギンブナとキンブナで、30代以降のふなはヘラブナになったが、ふなに変わりはない。ということで今回の句集名は「ふな釣り」とした。

２０１６年６月

大崎紀夫

著者略歴

大崎紀夫（おおさき・のりお）

1940年（昭和15年）　埼玉県戸田市に生まれる
1963年（昭和38年）　東京大学仏文科卒　朝日新聞社に入社
1995年（平成７年）　「俳句朝日」創刊編集長
1996年（平成８年）　「短歌朝日」創刊、２誌の編集長を兼任
2000年（平成12年）　朝日新聞社を定年退社
　　　　　　　　　　「WEP俳句通信」創刊編集長
2001年（平成13年）　結社誌「やぶれ傘」創刊主宰

俳人協会会員　埼玉俳句連盟参与　日本俳人クラブ評議員
（財）水産無脊椎動物研究所理事

句集に『草いきれ』（04年）『榠樝の実』（06年）『竹煮草』（Ⅰ・Ⅱ合冊、08年）
『遍路――そして水と風と空と』（09年）『からす麦』（12年）『俵ぐみ』（14年）
『虻の昼』（15年）
詩集に『単純な歌』『ひとつの続き』
写真集に『スペイン』
旅の本に『湯治湯』『旅の風土記』『歩いてしか行けない秘湯』
釣り本は『全国雑魚釣り温泉の旅』をはじめ、多数刊行。
他に『渡し舟』『私鉄ローカル線』『農村歌舞伎』『ちぎれ雲』『地図と風』など。

現住所＝〒335-0022　戸田市上戸田1-21-7

句集　ふな釣り
2016年7月30日　第1刷発行
著　者　大崎紀夫
発行者　池田友之
発行所　株式会社　ウエップ
〒160-0022　東京都新宿区新宿1-24-1-909
電話　03-5368-1870　郵便振替　00140-7-544128
印　刷　モリモト印刷株式会社

※定価はカバーに表示してあります　ISBN978-4-86608-022-2